Вдруг перед ошеломлённым Али-Бабой сам по себе прокатился огромный камень, открывая тёмную пещеру.

And to Ali Baba's astonishment, a gigantic rock rolled across on its very own, revealing a dark cave.

В отражении лунного света на камнях показались причудливые тени. Али-Бабе стало не по себе, там кто-то был. Он подкрался поближе и наткнулся на привязанных лошадей, ожидающих своих всадников. Али-баба спрятался, и вскоре из пещеры по направлению к нему потянулись тени людей в плащах с капюшонами.

The moonlight sent strange shadows across the rocks. Ali Baba felt he was not alone. He crept closer and nearly fell upon a pack of horses waiting for their riders. Ali Baba hid and it was not long before a bunch of shadowy cloaks and hoods came out of the cave towards him.

Это были разбойники, которые ожидали у пещеры всего атамана Каида.
Появился Каид, посмотрел на звёзды и крикнул: «Закройся, Симсим!».
Огромный камень задрожжал и затем медленно скатился обратно, закрыв
зево пещеры и вместе с тем её тайну от всего мира... кроме Али-Бабы.

They were thieves waiting outside for Ka-eed, their leader.
When Ka-eed appeared, he looked towards the stars and howled out, "Close Sesame!"
The huge rock shook and then slowly rolled back, closing the mouth of the cave,
hiding its secret from the whole world... apart from Ali Baba.

Когда разбойники скрылись из виду, Али-Баба со всей силы толкнул камень. Камень стоял крепко, казалось ничто на этом свете не сможет сдвинуть его с места. «Откройся, Симсим!» - прошептал Али-Баба.

Камень медленно откатился, открывая темную глубокую пещеру. Али-Баба вошел, пытаясь двигаться как можно тише, но каждый его шаг громко отзывался повсюду. Вдруг он споткнулся. И, кувыркаясь, покатился, пока не очутился на кипе искусно вышитых шёлковых ковров. Вокруг него громоздились мешки с золотом и серебром, кувшины с бриллиантовыми и изумрудными драгоценностями, и громадные вазы наполненные... всё теми же золотыми монетами.

When the men were out of sight, Ali Baba gave the rock a mighty push.
It was firmly stuck, as if nothing in the world could ever move it.
"Open Sesame!" Ali Baba whispered.
Slowly the rock rolled away, revealing the dark deep cave. Ali Baba tried to move quietly but each footstep made a loud hollow sound that echoed everywhere.
Then he tripped. Tumbling over and over and over he landed on a pile of richly embroidered silk carpets. Around him were sacks of gold and silver coins, jars of diamond and emerald jewels, and huge vases filled with... even more gold coins!

«Не снится ли мне это?» - изумился Али-Баба. Он подобрал бриллиантовое
ожерелье, и его сверканье ослепило его. Он надел его на шею. Потом ещё
одно, и ещё одно. Он наполнил драгоценностями носки. Он так набил все
карманы золотом, что с трудом дотащился до выхода. Выйдя из пещеры, он
повернулся и крикнул: «Закройся, Симсим!». И камень плотно закрыл вход.
Можете себе представить, что на дорогу домой у Али-Бабы ушло немало
времени. Увидев его ношу, жена его заплакала от счастья. На эти деньги
можно было безбедно прожить до конца жизни.

"Is this a dream?" wondered Ali Baba. He picked up a diamond necklace and the
sparkle hurt his eyes. He put it around his neck. Then he clipped on another, and
another. He filled his socks with jewels. He stuffed every pocket with so much
gold that he could barely drag himself out of the cave.
Once outside, he turned and called, "Close Sesame!" and the rock shut tight.
As you can imagine Ali Baba took a long time to get home. When his wife saw
the load she wept with joy. Now, there was enough money for a whole lifetime!

На следующий день Али-Баба рассказал обо всём случившемся своему брату Касиму. «Держись подальше от той пещеры, - предостерёг его Касим. - Это слишком опасно». Касим беспокоился о брате? Как бы не так!

The next day, Ali Baba told his brother, Cassim, what had happened. "Stay away from that cave," Cassim warned. "It is too dangerous." Was Cassim worried about his brother's safety? No, not at all.

Ночью, когда все спали, Касим взял трёх ослов и выскользнул из деревни. Добравшись до чудесного места, он воскликнул: «Откройся, Симсим!». И камень, откатившись, отворил пещеру. Первые два осла вошли в пещеру, а третий заупрямился. Касим гнал его, гнал, стегал его, орал на него, до тех пор, пока бедное животное не уступило. Но осел настолько рассердился, что лягнул камень, да так, что камень медленно со скрипом задвинулся.
«Пошевеливайся, глупое животное», - прохрипел Касим.

That night, when everyone was asleep, Cassim slipped out of the village with three donkeys. At the magic spot he called, "Open Sesame!" and the rock rolled open.
The first two donkeys went in, but thc third refused to budge. Cassim tugged and tugged, whipped and screamed until the poor beast gave in. But the donkey was so angry that it gave an almighty kick against the rock and slowly the rock crunched shut.
"Come on you stupid animal," growled Cassim.

В пещере у изумлённого Касима перехватило дыхание. Он без промедления наполнил мешок за мешком и с лихвой нагрузил ими бедных осликов. Он решил идти домой только тогда, когда его руки не могли уже больше грести.

Он громко крикнул: «Отворись, орех Кешью!». Никакого движения.

«Отворись, Миндаль!» - крикнул он. Опять ничего.

«Отворись, Фисташка!». Все осталось как есть.

Касим впал в отчаяние. Он визжал и проклинал все на свете, пробуя всевозможные названия, но никак не мог вспомнить «Симсим»!

Кассим и три его осла попали в ловушку.

Inside, an amazed Cassim gasped with pleasure. He quickly filled bag after bag, and piled them high on the poor donkeys. When Cassim couldn't grab any more, he decided to go home.

He called out aloud, "Open Cashewie!" Nothing happened.

"Open Almony!" he called. Again, nothing.

"Open Pistachi!" Still nothing.

Cassim became desperate. He screamed and cursed as he tried every way possible, but he just could not remember "Sesame"!

Cassim and his three donkeys were trapped.

На следующее утро расстроенная жена Касима постучала в дверь Али-Бабы.

«Касим не вернулся домой, - рыдала она. - Где он? Ах, где же он?».

Али-Баба был потрясён. Он до полного изнеможения искал повсюду своего брата. Куда мог запропаститься Касим? Вдруг его осенило. Али-Баба пошел на то самое место. У пещеры лежало бездыханное тело Касима. Разбойники настигли его первыми.

«Надо будет быстро похоронить Касима», - думал Али-Баба, неся тело брата домой.

Next morning a very upset sister-in-law came knocking on Ali Baba's door.

"Cassim has not come home," she sobbed. "Where is he? Oh, where is he?"

Ali Baba was shocked. He searched everywhere for his brother until he was completely exhausted. Where could Cassim be?

Then he remembered.

He went to the place where the rock was. Cassim's lifeless body lay outside the cave. The thieves had found him first.

"Cassim must be buried quickly," thought Ali Baba, carrying his brother's heavy body home.

Вернувшись к пещере, разбойники не нашли тело Касима. Может, лссные звери утащили тело. Но откуда тогда эти следы?

«Кто-то ещё знает нашу тайну, - закричал разгневанный Каид. - Его постигнет такая же участь!».

Разбойники пошли по следам прямо за похоронной процессией, которая уже направлялась к дому Али-Бабы.

«Это, должно быть, здесь, - подумал Каид, нарисовав мелом на двери дома кружочек. - Сегодня ночью, когда все будут спать, я расправлюсь с ним».

Но Каид не догадывался, что кое-кто видел его.

When the thieves returned they could not find the body. Perhaps wild animals had carried Cassim away. But what were these footprints?

"Someone else knows of our secret," screamed Ka-eed, wild with anger. "He too must be killed!"

The thieves followed the footprints straight to the funeral procession which was already heading towards Ali Baba's house.

"This must be it," thought Ka-eed, silently marking a white circle on the front door. "I'll kill him tonight, when everyone is asleep."

But Ka-eed was not to know that someone had seen him.

Его видела служанка Марджана. Она почувствовала что-то неладное. «Что означает этот кружочек?» - заинтересовалась она и дождалась, пока Каид не ушёл. А потом Марджана поступила очень умно. Она вынесла мелок и пометила все входные двери в деревне таким же белым кружочком.

The servant girl, Morgianna, was watching him. She felt this strange man was evil. "Whatever could this circle mean?" she wondered and waited for Ka-eed to leave. Then Morgianna did something really clever. Fetching some chalk she marked every door in the village with the same white circle.

That night the thieves silently entered the village when everyone was fast asleep.

"Here is the house," whispered one.

"No, here it is," said another.

"What are you saying? It is here," cried a third thief.

Ka-eed was confused. Something had gone terribly wrong, and he ordered his thieves to retreat.

В ту ночь, пока все крепко спали, разбойники тихо вошли в деревню.

«Вот этот дом», - прошептал один.

«Нет, это вот этот», - сказал другой.

«Что за разговоры! Он здесь», - крикнул трстий вор.

Каид растерялся. Ничего не получилось, и он приказал разбойникам отступить.

Рано утром Каид вернулся.

Его длинная тень легла на дом Али-Бабы, он был уверен, что это был тот самый кружочек, который он не мог опознать ночью. У него возник план. Он подарит Али-Бабе сорок ваз с прекрасной росписью. Но в каждой вазе будет сидеть разбойник, с саблей наготове.

Марджана была удивлена, увидев позднее, что напротив дома Али-Бабы остановился караван верблюдов, лошадей и повозок.

Early next morning Ka-eed came back.

His long shadow fell on Ali Baba's house and Ka-eed knew that this was the circle he could not find the night before. He thought of a plan. He would present Ali Baba with forty beautifully painted barrels. But inside each vase would be one thief, with his sword ready, waiting. Later that day, Morgianna was surprised to see a caravan of camels, horses and carriages draw up in front of Ali Baba's house.

Человек в лиловом одеянии и великолепной чалме позвал хозяина. «Али-Баба, - сказал человек. - Ты - выдающийся человек. Ты совершил отважный поступок: ты нашел тело своего брата и спас его от диких зверей. Ты должен быть вознаграждён за это. Мой повелитель, шейх Кургустана, преподносит тебе в дар сорок бурдюков искуснейших драгоценностей».

Вы наверно уже догадались, что Али-Баба был не очень умён и принял подарок за чистую монету. «Посмотри, Марджана, посмотри, что мне подарили», - сказал он. Марджана, однако, отнеслась к подарку недоверчиво. Она почувствовала неладное.

A man in purple robes and magnificent turban called on her master.

"Ali Baba," the man said. "You are gifted. Finding and saving your brother from the fangs of wild animals is indeed a courageous act. You must be rewarded.

My sheikh, the noble of Kurgoostan, presents you with forty barrels of his most exquisite jewels."

You probably know by now that Ali Baba was not very clever and he accepted the gift with a wide grin.

"Look, Morgianna, look what I have been given," he said. But Morgianna was not sure. She felt something terrible was going to happen.

«Быстро, - сказала она после ухода Каида. - Вскипятите мне три бурдюка масла, да так, чтобы из котлов шел дым. Говорю вам, быстрее, а то будет поздно. Я потом объясню, в чём дело».

Скоро Али-Баба принёс масло, которое бурлило и шипело, подогретое на тысяче горячих углей. Марджана наполнила ведро этой страшной жидкостью и вылила её в первый бурдюк, плотно закрыв его крышку. Бурдюк так сильно затрясся, что чуть не опрокинуся. А затем замер. Марджана приоткрыла крышку, и Али-Баба увидел ну совсем мёртвого разбойника. Поверив в злой умысел, Али-Баба помог Марджане таким способом умертвить всех разбойников.

"Quick," she called, after Ka-eed had left. "Boil me three camel-loads of oil until the smoke rises out of the pots. Quick, I say, before it is too late. I will explain later."

Soon Ali Baba brought the oil, spluttering and hissing from the flames of a thousand burning coals. Morgianna filled a bucket with the evil liquid and poured it into the first barrel, shutting the lid tight. It shook violently, nearly toppling over. Then it became still. Morgianna quietly opened the lid and Ali Baba saw one very dead robber!

Convinced of the plot, Ali Baba helped Morgianna kill all the robbers in the same way.

Вечером Каид пришёл в гости к Али-Бабе. Они поглощали вкуснейшие явства. Пили густой нектар ароматных фруктов. Но чудеснее всего был танец Марджаны! Каид не мог устоять. Он рыгал от изобилия еды; голова его затуманилась, он не мог оторвать глаз от кружившейся в танце Марджаны. Она приближалась всё ближе и ближе. Внезапно в его сердце вонзился усеянный бриллиантами кинжал.

That evening Ka-eed arrived to feast with Ali Baba.
They gorged on meats and breads cooked in wonderful ways.
They drank the rich nectar of sumptuous fruits.
But the highlight was Morgianna's dance! Poor Ka-eed did not
have a chance. Belching with the rich food, his eyes rolled
round and round watching Morgianna spin closer and closer.
Then all of a sudden, he felt a diamond studded dagger plunge
into the depths of his heart.

На следующий день Али-Баба вернулся к скале. Он вынес из пещеры её тайные сокровища и в последний раз крикнул: «Закройся, Симсим!». Все эти сокровища он отдал простым людям, которые выбрали его своим предводителем.

А Марджану он сделал своей главной советницей.

The next day Ali Baba returned to the place where the rock was. He emptied the cave of its secret coins and jewels and he called out, "Close Sesame!" for the last time. He gave all the jewels to the people, who made Ali Baba their leader.

And Ali Baba made Morgianna his chief adviser.